T0243120

THE PLAN
IL PROGETTO

A bilingual story English and Italian about Hope

Una storia bilingue in Inglese e italiano sulla Speranza

Written by / Scritta da
Francesca Follone-Montgomery, ofs

Illustrated by/ illustrata da
Gennel Marie Sollano

To order additional copies of this book, contact:
Xlibris
844-714-8691
www.Xlibris.com
Orders@Xlibris.com

ISBN: Softcover 978-1-6698-2822-8
EBook 978-1-6698-2821-1

Print information available on the last page

Rev. date: 09/07/2022

THE PLAN

A bilingual story English - Italian about Hope

Written by
Francesca Follone-Montgomery, ofs

Illustrated by
Gennel Marie Sollano

Dedicated to my son, to my nephews and my nieces, to my goddaughter, my godsons, and to my friends' children, with the wish that they will never lose hope.

I am confident that the Lord has great plans for each one of you!

IL PROGETTO

Una storia bilingue Inglese - Italiano sulla Speranza

Scritta da
Francesca Follone-Montgomery

Illustrata da
Gennel Marie Sollano

Dedicata a mio figlio, ai miei nipoti e alle mie nipoti, alla mia figlioccia, ai miei figliocci, e ai figli dei miei amici, con l'augurio che non perdano mai la speranza.

Sono certa che il Signore ha grandi progetti su ciascuno di voi!

A note from the author

Dear reader,

Thank you for choosing my book. This story is part of my collection that I like to call-*The magic pillowcase*, which I created for my son when he was little as part of his bedtime story routine. I would reach into his pillowcase and pretend to pull out a new story that I would make up on the spot. The message of this story is to encourage us to patiently wait to see what the Lord's plans are for us. It's also a reminder that we are all small containers of something very precious: His presence in our hearts! So, when life seems to disappoint us, let us hold on to hope and wait to see how God's loving intervention can bring us something wonderful after all.

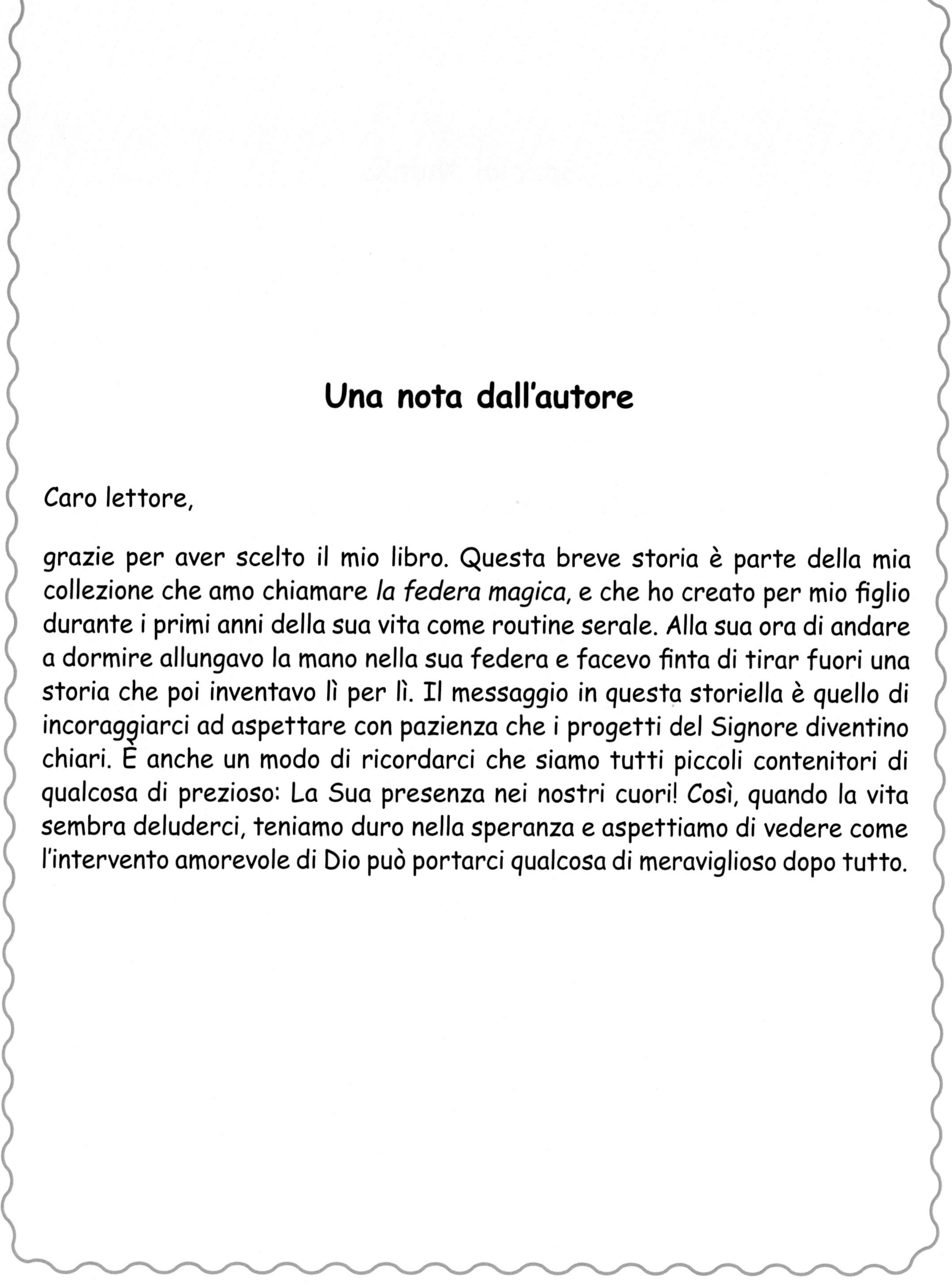

Una nota dall'autore

Caro lettore,

grazie per aver scelto il mio libro. Questa breve storia è parte della mia collezione che amo chiamare *la federa magica*, e che ho creato per mio figlio durante i primi anni della sua vita come routine serale. Alla sua ora di andare a dormire allungavo la mano nella sua federa e facevo finta di tirar fuori una storia che poi inventavo lì per lì. Il messaggio in questa storiella è quello di incoraggiarci ad aspettare con pazienza che i progetti del Signore diventino chiari. È anche un modo di ricordarci che siamo tutti piccoli contenitori di qualcosa di prezioso: La Sua presenza nei nostri cuori! Così, quando la vita sembra deluderci, teniamo duro nella speranza e aspettiamo di vedere come l'intervento amorevole di Dio può portarci qualcosa di meraviglioso dopo tutto.

Special thanks

I am immensely grateful to my son for his inspiring faith, his tenacious hope, and his loving encouragement. I am very grateful to my husband, my sisters and all our family and close friends, near and far, for their continuous love and support. My heartfelt thanks go to my brother in Christ, Fr. Pontian who taught me to look at problems as projects and to continue to have hope and trust in the Lord. Truly special thanks go to some people in my life who are very dear to me and who eased my struggles in discerning God's plans for me: Don Firmani, Gabriella Nanni, padre Silvano, fr. David Carter, fr. Paul Scalia, prof. Marcello De Angelis, Marisa and Carlo Cini, Sofia Vignoli, my parents, grandparents and godparents, my cousins, my friends Alan and Catherine, Alessio, Claudio, Cristina, Dalia, David and Michelle, Elettra and Giulio, Emilia and Franco with Sara and Marilù, Filippo, Giorgio, Jan, Jens and Karen, Kelli and Chris with their family, Lapo, Leann and Jim, Lorenzo, Maria, Maria and Luigi, Mary, Marzia, Matthew and Julie, Mike and Carolyn, Mike and Katie, Nerina, Nencio, Paul and Lynn, Piera and Roberto, Riccardo, Silvia, Stefania and Gaspare with Gabriella and Monica, Steve, Susanna, Tricia, Vonnie, Valentina, Yvonne, my "Zii" Giovanni and Elvira with "my cousins". Warm thanks go to my Secular Franciscan Order family, to my mother-in-law, and to my dear friends in all the parishes I have been throughout my life, for their prayers and precious contribution to my spiritual growth. I am also very grateful to my teachers, my clients, my colleagues, and my students, for giving me opportunities to see the positive effects of a sincere smile. However, my deepest gratitude goes to our Heavenly Father for His gift of life and for His merciful love! Thanks to all of you, I can continue to hope in the beauty of God's surprising plans.

Ringraziamenti speciali

Sono immensamente grata a mio figlio per l'ispirazione della sua fede, la tenacia della sua speranza e il suo amorevole incoraggiamento. Sono molto grata anche a mio marito, alle mie sorelle e a tutti i nostri familiari e cari amici vicini e lontani per il loro continuo amore e supporto. Un grazie di cuore va a mio fratello in Cristo, Padre Pontian, il quale mi ha insegnato a vedere problemi come progetti continuando ad avere speranza e fiducia nel Signore. Un grazie veramente speciale va ad alcune persone a me molto care che nella mia vita hanno facilitato le mie fatiche nel discernere i piani del Signore per me: Don Firmani, Gabriella Nanni, padre Silvano, fr. Paul Scalia, fr. David Carter, prof. Marcello De Angelis, Marisa e Carlo Cini, Sofia Vignoli, i miei genitori, i miei nonni e i miei padrini, i miei cugini, i miei amici Alan and Catherine, Alessio, Claudio, Cristina, Dalia, David and Michelle, Elettra e Giulio, Emilia e Franco con Sara e Marilù, Filippo, Giorgio, Jan, Jens e Karen, Kelli e Chris con la loro famiglia, Lapo, Leann e Jim, Lorenzo, Maria, Maria e Luigi, Mary, Marzia, Matthew e Julie, Mike e Carolyn, Mike e Katie, Nerina, Nencio, Paul e Lynn, Piera e Roberto, Riccardo, Silvia, Stefania e Gaspare con Gabriella e Monica, Steve, Susanna, Tricia, Vonnie, Valentina, Yvonne, i miei "Zii" Giovanni ed Elvira con i miei "cugini". Un caloroso grazie va ai miei familiari nell'Ordine Secolare Francescano, a mia suocera, e ai miei cari amici nelle varie parrocchie in cui sono stata nella mia vita, per le loro preghiere e per il loro prezioso contributo alla mia crescita spirituale. Ringrazio molto anche i miei insegnanti, i miei clienti, i miei studenti e i miei colleghi per avermi dato opportunità di vedere gli effetti positivi di un sincero sorriso. Il mio ringraziamento più profondo va però al nostro Padre Eterno per il Suo dono della vita e per il Suo amore misericordioso. Grazie a tutti voi posso continuare a sperare nella bellezza dei sorprendenti progetti di Dio.

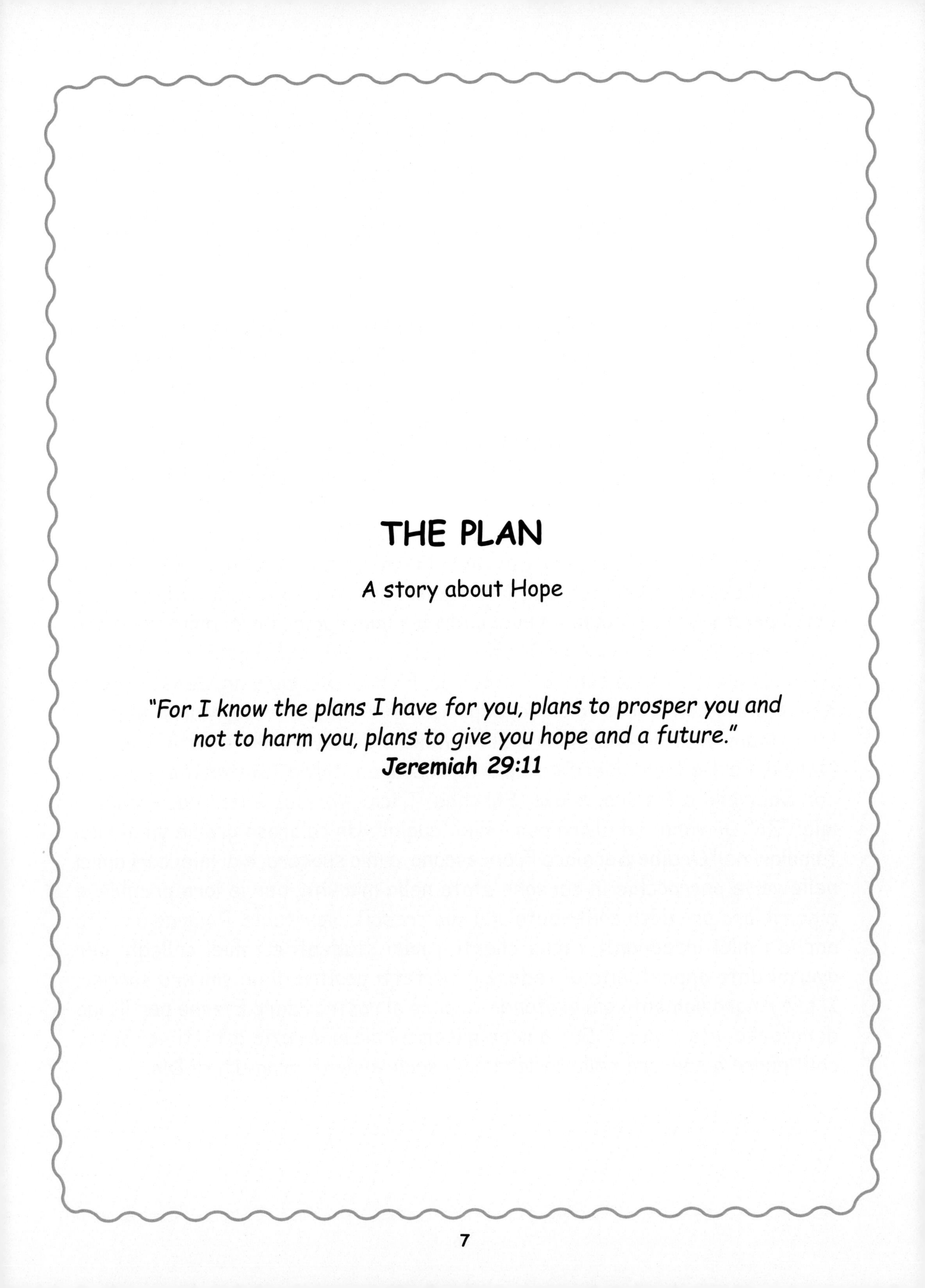

THE PLAN

A story about Hope

"For I know the plans I have for you, plans to prosper you and not to harm you, plans to give you hope and a future."
Jeremiah 29:11

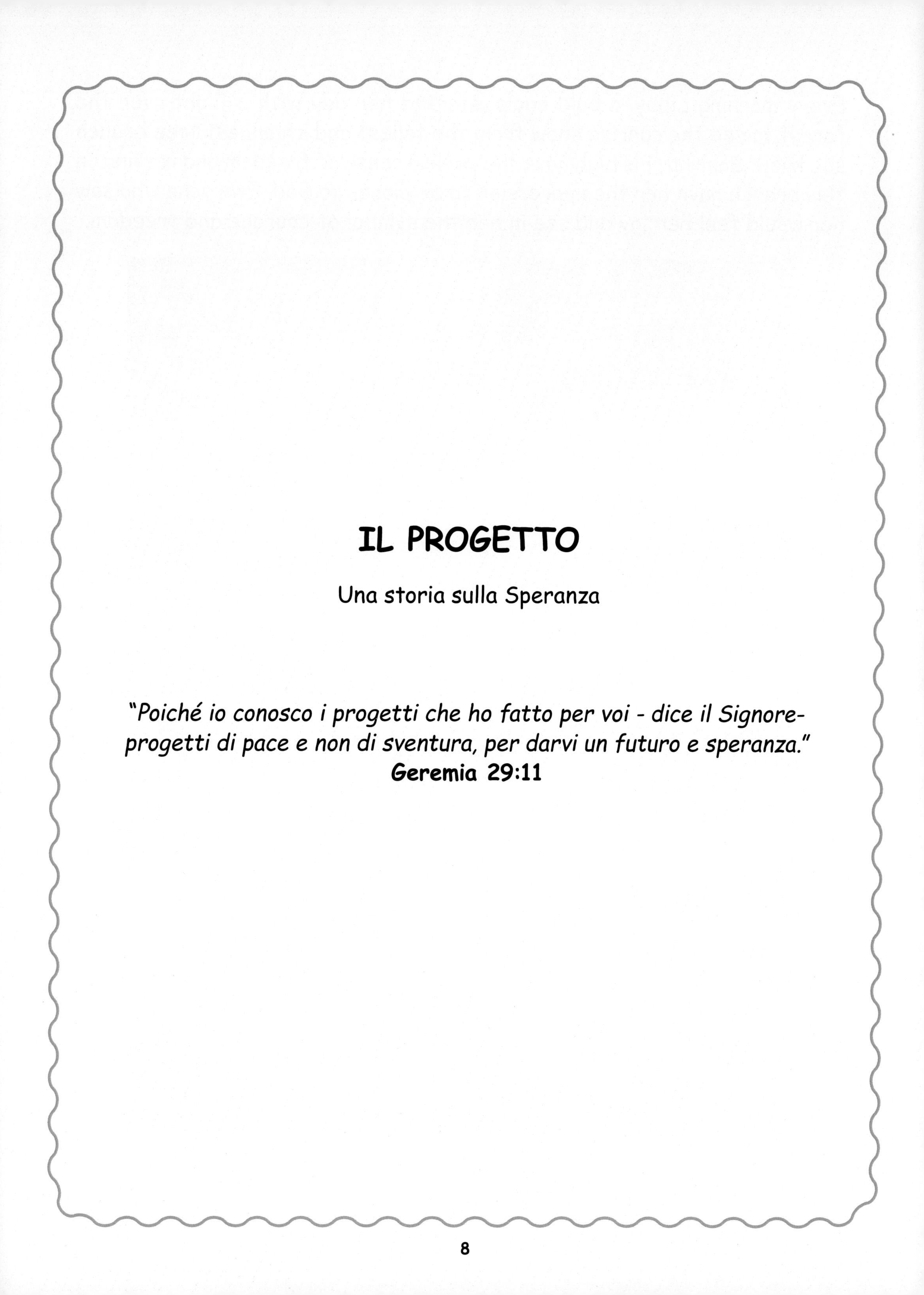

IL PROGETTO

Una storia sulla Speranza

"Poiché io conosco i progetti che ho fatto per voi - dice il Signore-
progetti di pace e non di sventura, per darvi un futuro e speranza."
Geremia 29:11

Every morning Libby, a bald eagle, started her day with a flight over the forest to see the sunrise show from the tallest and strongest tree branch she knew. Soaring this high gave the eagle a sense of freedom and resting on this branch gave her the impression to be closer to God. Everyone who saw her would feel her joy and see in her the symbol of courage and freedom.

Ogni mattina Libby, un'aquila calva, cominciava la sua giornata con un volo sopra la foresta per guardare lo spettacolo dell'alba dalla cima dell'albero più alto e più forte che conosceva. Librarsi a questa altezza le dava un senso di libertà e, posarsi su questo ramo, le dava l'impressione di essere vicina a Dio. Tutti quelli che la vedevano notavano la sua gioia e associavano a lei il simbolo del coraggio e della libertà.

From there the view was so beautiful at this time of the day. The sunlight gradually beamed behind the mountain peaks. The morning breeze made room through the leaves, brushed against Libby's feathers, and brought the tree fragrance to life. She always thought that the breeze was like the voice of God. So, she would praise Him with a thanksgiving prayer:

"Thank you, God, for this beautiful day. Thank you for your love."

Da lì la vista era bellissima a quest'ora. La luce del sole gradualmente radiava dietro le cime delle montagne. La brezza mattutina si faceva spazio tra le foglie, accarezzava le piume di Libby e rendeva vivido il profumo dell'albero. Lei ha sempre pensato che la brezza fosse come la voce di Dio. E così lo lodava con la sua preghiera di ringraziamento:

"Grazie a te Dio per questo bel giorno. Grazie per il tuo Amore!"

On this early winter morning though, she heard a voice saying:

"You will probably not thank Him from here for long."

"Who spoke?" asked the eagle

"I did" replied the tree "I know I will soon be torn down."

Libby reassured him:

"God loves everything and everyone. He will still love you!"

"How?" said the tree "I will be of no use after tomorrow."

In questa mattina di inverno però, lei sentì una voce dire:

"Probabilmente non lo ringrazierai da qui a lungo."

"Chi ha parlato?" chiese l'aquila

"Sono stato io - rispose l'albero - presto sarò abbattuto."

Libby lo rassicurò:

"Dio ama tutto e tutti. Ti amerà anche abbattuto!"

"Come?" disse l'albero "Non servirò a niente dopo domani."

The nearby trees whispered:

"On the contrary dear friend. You have been chosen to be very useful."

The tree asked: "How can you all be so sure?"

Libby answered: "I think so too. I have a feeling that the Lord has plans for everyone."

Gli alberi vicini sussurarono:

"Al contrario caro amico. Sei stato scelto per essere molto utile."

L'albero chiese: "Come fate ad esserne così sicuri?"

Libby rispose: "Anch'io la penso così. Ho la sensazione che il Signore abbia dei progetti su tutti."

Then, Libby flew around the tree and softly whispered:

"He has one for you too."

The tree felt a great sense of hope, and now, could not wait to see what plan the Lord had for him.

Then a hand touched the tree and said:

"This one is perfect for my project."

Libby flew away happy to know that soon her friend the tree, would discover God's plan for him.

Poi, Libby, volò intorno all'albero e sussurrò dolcemente:

"Lui ne ha uno anche su di te."

L'albero sentì un grande senso di speranza, e adesso, non vedeva l'ora di vedere quale progetto il Signore avesse per lui.

Poi una mano toccò l'albero e disse:

"Questo è perfetto per il mio progetto."

Libby volò via felice di sapere che presto il suo amico albero scoprirebbe il progetto che Dio ha su di lui.

The following day Libby went back to the forest and looked for her favorite tree but found a stump. There was also a truck there loaded with tree logs ready to be taken away. Libby, curious to see where the truck would go, tried to follow it, but once she got to the nearby town, she could not see it anymore.

Il giorno dopo Libby tornò nella foresta e cercò il suo albero preferito, ma trovò un troncone. C'era anche un grande camion lì caricato con dei tronchi d'albero pronti per essere portati via. Libby, curiosa di vedere dove andava il camion, provò a seguirlo, ma una volta arrivata nel paese vicino, non riuscì più a vederlo.

A few days later Libby flew to the town and searched for the tree. Unable to find it, she stopped in the main square. There, she smelled the fragrance so familiar of her favorite tree and decided to follow it. To her surprise, she saw the truck that took her tree away filled with wooden furniture. Several people were bringing them inside a church. There were a table, a podium with a book stand, and an elaborate wooden box that had a small door and a circle with a cross on it.

Qualche giorno dopo Libby volò nel paese e cercò l'albero.

Incapace di trovarlo si fermò nella piazza centrale. Lì sentì il profumo familiare del suo albero preferito e decise di seguirlo. Con sorpresa lei vide il camion che lo aveva portato via, pieno di mobili in legno. Diverse persone li stavano portando dentro la chiesa. C'erano un tavolo, un podio con un leggio e una raffinata scatola di legno che aveva una piccola porta con un cerchio e una croce sopra.

Libby realized that God had indeed one of the most valuable plans for her friend: God wanted the tree to have the very special task of being useful in a place where people would go to be in communion with God. So, she exclaimed:

"My friend, indeed, the Lord had a very special plan for you: you can be used to bring God to others!"

From then on, Libby flew over to the church bell tower every evening and praise God from there too, saying:

"Thank you, Lord, for another beautiful day! Thank you for your loving plans for each one of us!"

Libby si rese conto che Dio, aveva veramente uno dei più validi progetti per il suo amico: Dio voleva che l'albero avesse il compito speciale di essere utile in un posto dove le persone vanno ad essere in comunione con Dio. Allora lei esclamò:

"Amico mio, Dio aveva davvero un progetto molto speciale su di te: puoi essere usato per portare Dio ad altri!"

Da allora Libby volò sopra il campanile della chiesa ogni sera e lodò Dio anche da lì dicendo:

"Grazie Dio per un'altra bellissima giornata! Grazie dei tuoi amorevoli progetti che hai su ognuno di noi!"

About the author

Francesca Follone-Montgomery, (M.A. and M.S.W.), is an Italian American Secular Franciscan (ofs), born in Firenze and raised in Pisa and Firenze in Italy. She likes to travel around the world and strives to seek God in all aspects of life and creation. She moved to America with the desire to sing Jazz, yet she soon realized that God had different plans for her, including being a wife and a mother. Francesca started as an intern in a well-known American center for international studies and got her first job in the United States working for a nonprofit organization as secretary and then as office manager, interned at a military medical center while pursuing her second degree, and subsequently worked in a bookstore and gift shop. She is now a teacher of Italian at the university level as well as a teacher of English as a foreign language, and who knows what else is yet to come. The challenges of these life plans brought her the reward of a spiritual path much greater than her heart could dream. Her wish is to communicate God's love to others and encourage them to have faith and to hope joyfully in the plans God has for every one of His children.

Informazioni sull'autore

Francesca Follone-Montgomery, (laureata in lettere e in sociologia), è una secolare francescana (ofs) italo-americana, nata a Firenze e cresciuta a Pisa e Firenze in Italia. Le piace viaggiare per il mondo e si impegna a cercare Dio in ogni aspetto della vita e del creato. Si è trasferita in America con il desiderio di cantare Jazz, ma presto si è resa conto che i progetti del Signore su di lei erano diversi includendo diventare moglie e madre. Francesca ha cominciato come tirocinante in un noto centro americano per studi internazionali e ha avuto il suo primo lavoro negli Stati Uniti come segretaria e poi come capo amministrativo in un'organizzazione non-for-profit, ha fatto tirocinio in un centro medico militare mentre studiava per la sua seconda laurea e di seguito ha lavorato in una libreria e negozio di articoli da regalo. Adesso è insegnante di italiano a livello universitario, insegnante di inglese come lingua straniera, e chissà cos'altro in futuro. Le sfide di questi progetti di vita le hanno portato la ricompensa di un percorso spirituale molto più grande di quanto il suo cuore potesse sognare. Il suo desiderio è di comunicare l'amore di Dio agli altri e di incoraggiare loro ad avere fede e a sperare gioiosamente nei progetti che Dio ha per ciascuno dei suoi figli.

Printed in the United States
by Baker & Taylor Publisher Services